Molly y los Peregrinos

Por Barbara Cohen
Ilustrado por Michael J. Deraney
Traducido por María A. Fiol

LECTORUM
PUBLICATIONS, INC.
111 EIGHTH AVE., NEW YORK, NY 10011-5201

Como recuerdo
de todas las historias de familia
que escuché durante mi niñez,
y en memoria de los narradores,
los héroes y villanos de esas historias–
mi abuelo, Harry Marshall, mi tía abuela,
Molly Marshall Hyman, y tantos otros como
el tío Jake, el tío Ike, el tío Abe,
e incluso, la tía Fanny.

BC

A mi hermana, Pat

MJD

No me gustaba la escuela de Winter Hill.
Los niños se reían de mí.

La que más se reía era Elizabeth. Yo nunca levantaba la mano en clase para contestar una pregunta, pero cuando la señorita Stickley se dirigía a mí, yo tenía que contestar algo. Yo no hablaba bien inglés, y esto era motivo de burla para Elizabeth. La señorita Stickley la miraba fijamente y entonces ella se callaba. Pero después, en el patio de la escuela, me decía:

–¡Molly, qué extraño hablas! ¡Qué rara eres!

Y entonces se ponía a cantar:

> *Mol-ly Mol-ly,*
> *con esa mirada tan persistente,*
> *Mol-ly Mol-ly,*
> *con esa nariz tan prominente.*

Hilda y Kitty también se ponían a cantar y algunas veces Fay y Emma les hacían coro. Todas admiraban a Elizabeth. Ella traía caramelos de menta a la escuela y se los regalaba a sus amigas durante el recreo.

Un día, cuando regresaba a mi casa, Elizabeth
e Hilda me siguieron, entonando esa horrible canción:

Mol-ly Mol-ly,
con esa mirada tan persistente,
Mol-ly Mol-ly,
con esa nariz tan prominente.

Empecé a correr y cuando llegué a mi casa, rompí
a llorar. Me sentí mejor porque delante de mamá
podía llorar.

Mamá me abrazó y recosté la cabeza contra su pecho, que era como un cojín grande y suave.

—*Shaynkeit*, ¿qué te pasa? —me preguntó. Ella no hablaba mucho inglés. Siempre me hablaba en *yiddish*.

—Mamá, regresemos a Nueva York —le dije—. En mi clase no hay otros niños judíos. No hablo como las otras niñas y ellas se burlan de mí. Odio ir a la escuela.

—¡*Oy, Malkeleh!* —dijo mamá—. No podemos regresar a Nueva York. Allí, papá tenía que trabajar en una fábrica y vivíamos en un apartamento humilde. Aquí, en Winter Hill, papá tiene un buen trabajo en la tienda del señor Brodsky, en este mismo edificio, y hasta nos proporciona la vivienda.

—Bueno, entonces regresemos a Goraduk —le sugerí—. Apenas llegamos a este país el invierno pasado. Estoy segura de que podemos volver a nuestra antigua casa.

—Si es que los cosacos no la han quemado —me contestó mamá irritada—. Ellos quemaron la sinagoga. Un buen día, tal vez, nos hubieran quemado a nosotros también. ¡Ojalá que crezcan como las cebollas, con las cabezas debajo de la tierra!

Yo sabía que no podíamos regresar a Rusia.

—En Goraduk, las niñas judías no pueden asistir a la escuela —continuó diciendo mamá—. Crecen ignorantes como los burros. Iré a tu escuela y hablaré con la maestra. Ella hará que esas *paskudnyaks* no se burlen más de ti.

—¡No, mamá, no! —la interrumpí rápidamente—. No tienes que hacer eso. Yo no quería que ni la señorita Stickley ni Elizabeth vieran a mamá. Ella no era como las otras mamás y apenas si hablaba inglés.

—Deja, mamá, no te preocupes —le dije—. Yo misma hablaré con la señorita Stickley.

Pero, por supuesto, no lo hice. Ir a la escuela se convirtió en una obligación. Nada había cambiado, pero decidí no decirle ni una sola palabra más a mamá sobre el asunto.

Un día, en noviembre, durante la clase de lectura, la señorita Stickley dijo:

–Abran sus libros en la página ciento treinta y dos. Era un cuento nuevo. Siempre me gustaba cuando empezábamos una nueva historia.

–Molly, comienza tú –dijo la señorita Stickley.

Miré el título: El primer...El primer Día...El primer Día de Acc...Acc... Negué con la cabeza y dije:

–Señorita Stickley, no conozco esa palabra.

–Es una palabra difícil –dijo ella–, sobre todo si nunca la has visto antes. ¿Quién puede decirle a Molly qué palabra es?

Varios niños levantaron la mano. La señorita Stickley señaló a Elizabeth.

–Día de Acción de Gracias –dijo ella, al tiempo que sacudía con desdén sus largos bucles negros–. Yo pensé que todo el mundo lo sabía.

–¿Día de Acción de Gracias? –repetí–. ¿Qué es el Día de Acción de Gracias?

–¿No sabes lo qué es el Día de Acción de Gracias? –dijo Elizabeth, burlándose de mí–. Bueno, seguramente que ustedes no celebran nuestras fiestas.

–Molly, cuando leas la historia, comprenderás lo que significa –dijo la señorita Stickley, fingiendo no haber escuchado las palabras de Elizabeth–. Empieza a leer, por favor.

Leí tres párrafos, sin tener más problemas con otras palabras. Entonces, la señorita Stickley le dijo a Arthur que continuara. Todos nos turnamos para leer. La historia era muy bonita. Trataba sobre los Peregrinos y cómo ellos celebraron el primer Día de Acción de Gracias. Yo nunca había oído hablar de los Peregrinos.

–Ahora bien, niños, –dijo la señorita Stickley, cuando la lección terminó–. Estoy cansada de decorar el aula con pavos y calabazas de papel para el Día de Acción de Gracias. Pensé que este año sería divertido hacer algo diferente. Señaló la mesa de trabajo que estaba al fondo del aula, la cual no habían utilizado desde que comenzaron las clases.

–Haremos una réplica del pueblo donde vivían los Peregrinos en Plymouth, Massachusetts, durante la celebración del primer Día de Acción de Gracias. Parecía muy animada.

–Trataremos de reproducir las casas y la iglesia aquí en la escuela. Pero quiero que ustedes hagan los Peregrinos en sus casas. Pueden hacer los muñecos con pinzas de tender ropa. Los niños harán los indios y las niñas los Peregrinos.

–A los niños de la primera, la segunda y la tercera fila les tocará hacer las mujeres. Los de la cuarta, quinta y sexta fila harán los hombres –dijo mientras fijaba la vista en cada uno de nosotros.

Yo estaba sentada en la segunda fila, así que me tocaba hacer una mujer.

–Traigan los muñecos mañana –dijo la señorita Stickley–. Les enseñaré cómo construir las casas de cartón.

Cuando llegué a casa, mamá me preguntó como siempre:

–*Nu shaynkeit*, ¿tienes tarea?

–Necesito una pinza de tender ropa –le contesté.

–¿Una pinza de tender ropa? ¿Qué clase de tarea es ésa?

–Tengo que hacer una muñeca, una Peregrina.

Mamá frunció el entrecejo.

–*Nu*, *Malkeleh*, ¿qué es una Peregrina?

Traté de buscar las palabras para explicarle a mamá lo que eran los Peregrinos.

–Los Peregrinos vinieron a este país del otro lado del mar –le dije.

–Como nosotros –dijo mamá.

–Así es. Ellos vinieron en busca de libertad religiosa y para poder rendirle culto a Dios a su manera –añadí.

Los ojos de mamá se iluminaron. Pareció entender.

–¿Tienes alguna otra tarea? –me preguntó.

–Sí –le dije–. Tengo que resolver diez problemas de aritmética. Son bastante difíciles.

–Hazlos –me dijo– y cuando termines puedes ir a jugar. Yo te terminaré la muñeca esta noche. La tendrás lista por la mañana.

–Tienes que estar segura de que la muñeca sea una mujer –le dije.

–Por supuesto –me contestó ella–. ¿Quién ha visto alguna vez una muñeca que sea un niño?

No traté de explicarle.

A la mañana siguiente, cuando me senté a desayunar, la muñeca estaba sobre la mesa. Al verla, nadie hubiera sospechado que estaba hecha con una pinza de ropa. Mamá había cubierto la pinza con relleno y tela. El pelo era de estambre color marrón y en la cara le bordó los ojos, la nariz y la boca. Había vestido la muñeca con una falda roja, larga y ancha, unas botas pequeñitas de fieltro y una blusa de cuello alto, de un color amarillo reluciente. Le había cubierto el pelo de estambre con un pañuelo amarillo, bordado con flores rojas.

–Es preciosa, mamá –logré murmurar.

Mamá sonrió, satisfecha.

–Pero, mamá –añadí suavemente–, no se parece a la Peregrina que aparece en mi libro de lectura.

–¿No? –dijo ella sorprendida.

–Se parece a ti, en esa fotografía que tienes de cuando eras niña.

La sonrisa de mamá se convirtió en risa.

–Por supuesto, lo hice a propósito.

–¿Por qué lo hiciste así, mamá? ¿Por qué?

–¿Qué es un Peregrino, *shaynkeit?* –preguntó mamá–. Un Peregrino es alguien que viene aquí, del otro lado del mar, en busca de libertad, como yo, Molly. ¡Yo soy una Peregrina!

Estaba segura de que mamá no sabía bien lo que decía. Ella no era como la Peregrina de la historia. Pero ya era muy tarde para hacer otra muñeca. No tenía más remedio que llevar la que había hecho mi madre.

Cuando llegué a la escuela casi todas las muñecas estaban sobre los pupitres. Yo llevaba la mía en una bolsa de papel y la coloqué dentro de mi pupitre.

La campana aún no había sonado. Elizabeth e Hilda se paseaban entre las filas de los pupitres, señalando las muñecas y susurrando.

–La señorita Stickley se va a disgustar contigo, Molly –dijo Elizabeth, en voz baja, al llegar junto a mí–. A ella no le gustan los niños que no hacen la tarea.

–Yo sí la hice –susurré.

–A ver. Muéstrala.

Me negué con la cabeza.

–No la hiciste –dijo Elizabeth, burlándose de mí–. No la hiciste, no la hiciste.

Abrí el pupitre y saqué la bolsa de papel. Lo cerré y coloqué la bolsa sobre el mismo. Lentamente saqué la muñeca.

–¡Mira eso! –suspiró Elizabeth–. ¿Cómo puede ser alguien tan tonta como tú, Molly? Ésa no es una Peregrina. La señorita Stickley se va a enfadar contigo. Esta vez sí te va a castigar.

Sentía la cara hirviendo, como fuego. Bajé la vista y me quedé mirando el pupitre.

La campana sonó y Elizabeth e Hilda se apresuraron a sentarse. Guardé rápidamente la muñeca dentro del pupitre.

Después de haber hecho las tareas de la mañana, la señorita Stickley comenzó a pasearse alrededor del aula, tal como Elizabeth lo había hecho antes. Miraba cada uno de los muñecos.

–Vaya, Michael, ¡qué magnífico adorno de cabeza! ¿Dónde encontraste esas plumas?–. Sally, tu muñeca es preciosa. ¡Qué cara tan interesante! Elizabeth, ¡qué tela de seda gris tan fina! Tu Peregrina debe ser rica.

–Creo que hasta ahora es la mejor –dijo Elizabeth.

–Bueno, en realidad, es muy bonita –reconoció la maestra.

Al fin, la señorita Stickley llegó donde yo estaba. Sin levantar la vista, saqué la muñeca.

—¡Molly! —oí decir a Elizabeth, mientras se reía—. Esa muñeca no parece una Peregrina. Parece una rusa o una polaca. ¿Qué tienen que ver esas personas con los Peregrinos?

—Es muy bonita —dijo la maestra—. Pero, tal vez Molly no entendió bien.

Miré directamente a la señorita Stickley y le dije:

—Mi mamá me dijo… —empecé a decir, pero de nuevo oí la risa de Elizabeth.

La señorita Stickley me puso la mano sobre el hombro.

—Molly, dime lo que te dijo tu mamá.

—Esta muñeca está vestida como mamá —le expliqué lentamente—. Ella también vino a este país en busca de libertad religiosa. Mamá dice que ella también es una Peregrina.

Elizabeth comenzó a burlarse. No era la única.

La señorita Stickley caminó hacia el frente del aula. Se dio vuelta y nos miró.

–Escúchame, Elizabeth –dijo en voz alta–. Escúchenme todos. La madre de Molly *es* una Peregrina. Es una Peregrina reciente. Ella vino aquí, igual que los anteriores Peregrinos, para poder rendirle culto a Dios a su manera, en paz y libertad.

–Elizabeth, ¿sabes tú de dónde los Peregrinos tomaron la idea del Día de Acción de Gracias? –preguntó la maestra al mismo tiempo que la miraba fijamente.

–Se les ocurrió, señorita –contestó Elizabeth.

–No, Elizabeth –respondió la señorita Stickley–. Ellos leyeron en la Biblia sobre la Fiesta de los Tabernáculos, durante la cual los judíos daban gracias a Dios por la buena cosecha.

<<Yo conozco esa fiesta. Nosotros la llamamos Sukkos>> pensó Molly.

–Los Peregrinos tomaron la idea del Día de Acción de Gracias de judíos como Molly y su mamá –continuó explicando la maestra. Y atravesó de nuevo el pasillo hasta llegar a mi pupitre.

–Molly, ¿puedo quedarme con tu muñeca por un rato? –dijo.

–Por supuesto –le contesté.

—Voy a poner esta preciosa muñeca sobre mi escritorio —dijo la señorita Stickley—, donde podamos verla todo el tiempo para que nos recuerde que aún hoy, los Peregrinos continúan llegando a este país.

Ella me sonrió, al mismo tiempo que me dijo:

—Molly, me gustaría conocer a tu mamá. Por favor, dile que venga a verme un día, después de las clases.

—Molly, tu muñeca es la más bonita —me dijo Emma y se sentó a mi lado—. Sin lugar a dudas, es la más bonita de todas.

—Sí, lo sé —le dije.

En ese momento, decidí que estaba bien que mamá viniera a visitar mi escuela, ya que la señorita Stickley la había invitado. También decidí algo más: el Día de Acción de Gracias es para toda clase de Peregrinos.

GLOSARIO

¡Oy!	Exclamación en yiddish ¡Vaya! ¡Caramba!
Malkeleh	Forma cariñosa de pronunciar el nombre de Malka (Molly)
Nu	Bueno, ¿y qué? ¿Qué pasa?
Paskudnyak	Insensible, cruel
Shaynkeit	Niña muy hermosa
Yiddish	Idioma que hablan los judíos procedentes del Centro y Este de Europa.
Sukkos	Fiesta de los Tabernáculos durante la cual los judíos daban gracias a Dios por las cosechas, en tiempos bíblicos. También se escribe: Sucot, Sukkot o Sukot.